Cows Can't Quack
Las vacas no pueden graznar

por Dave Reisman

Ilustraciones de Jason A. Maas

JumpingCowPress.com

JUMPING COW PRESS

A mis padres,
Hilda y Arnie Reisman

Published by Jumping Cow Press
P.O. Box 2732
Briarcliff Manor, NY 10510

ISBN 13: 978-0-9980010-6-7
ISBN 10: 0-9980010-6-6

First Paperback Edition
June 2020

Printed in China

Las vacas no pueden graznar...
Cows can't quack...

...pero pueden mugir.
...but they can moo.

Los alces
no pueden
mugir...
Moose can't moo...

4

...pero pueden gruñir.
...but they can grunt.

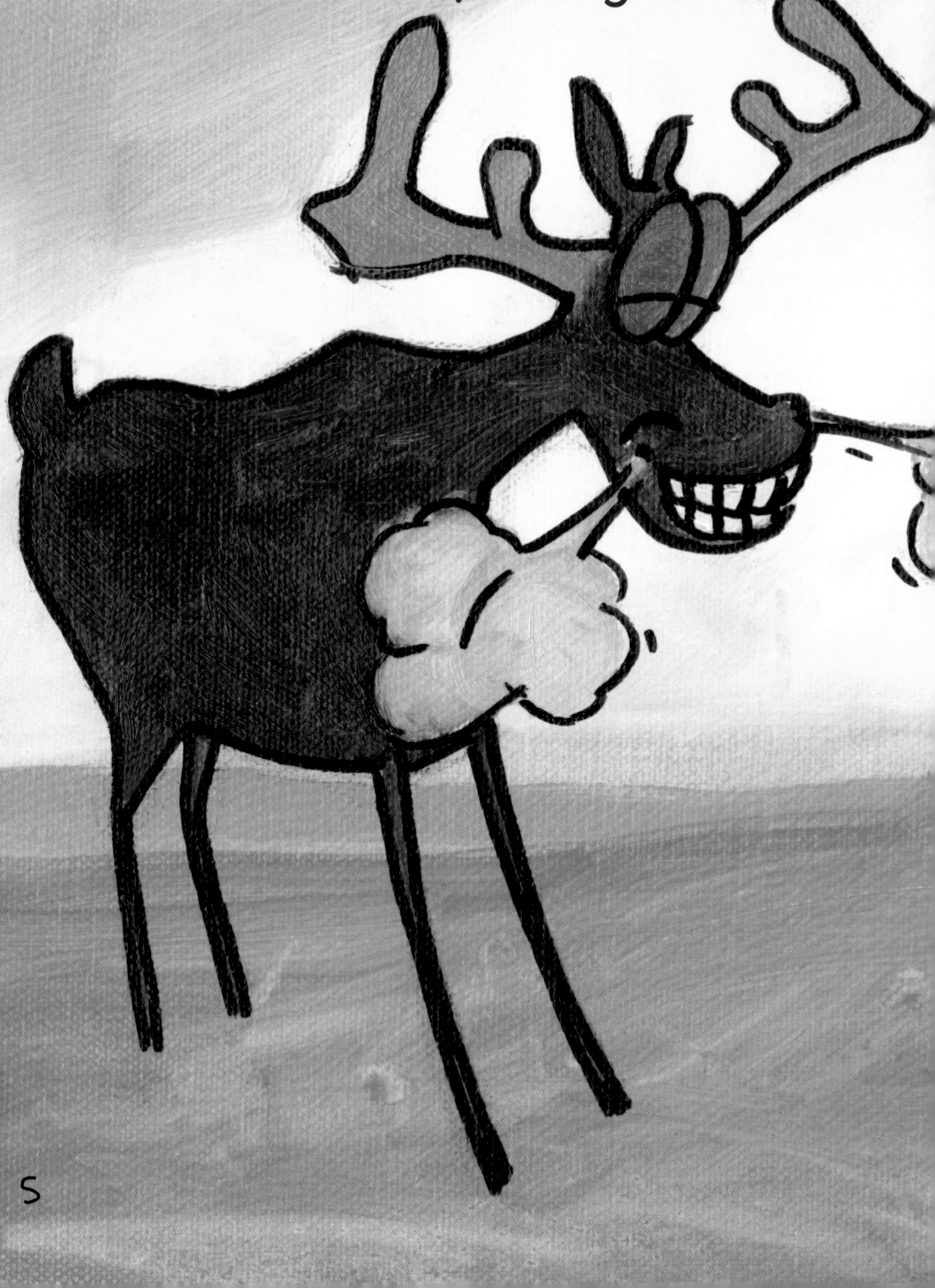

Las cabras no pueden gruñir...
Goats can't grunt...

...pero pueden balar.
...but they can bleat.

Los monos no pueden balar...
Monkeys can't bleat...

...pero pueden chillar.
...but they can chatter.

Los gatitos no pueden chillar...
Kittens can't chatter...

...pero pueden maullar.
...but they can meow.

Los gallos no pueden
maullar...

Roosters can't meow...

...pero pueden cacarear.
...but they can crow.

Los cuervos no pueden cacarear...
Crows can't crow...

14

...pero pueden graznar.
...but they can caw.

Los burros no pueden graznar...
Donkeys can't caw...

...pero pueden rebuznar.
...but they can bray.

Las ranas no pueden rebuznar...
Frogs can't bray...

...pero pueden croar.
...but they can croak.

Los hipopótamos
no pueden croar...
Hippos can't croak...

...pero pueden bramar.
...but they can bellow.

Los delfines no pueden bramar...
Dolphins can't bellow...

...pero pueden chasquear.
...but they can click.

Los conejos no
pueden chasquear...
Rabbits can't click...

...pero pueden chillar.
...but they can squeak.

Los rinocerontes
no pueden chillar...

Rhinos can't squeak...

...pero pueden bufar.
...but they can snort.

Los lobos no pueden bufar...
Wolves can't snort...

...pero pueden aullar.
...but they can howl.

Los gansos no pueden aullar...
Geese can't howl...

...pero pueden graznar.
...but they can cackle.

Las ballenas no pueden graznar...
Whales can't cackle...

...pero pueden cantar.
...but they can sing.

Los pingüinos no pueden cantar...
Penguins can't sing...

34

...pero pueden trompetear.
...but they can trumpet.

Las hienas no pueden trompetear...
Hyenas can't trumpet...

...pero pueden reír.
...but they can laugh.

Las águilas no pueden reír...
Eagles can't laugh...

...pero pueden gritar.
...but they can scream.

Los tigres no pueden gritar...
Tigers can't scream...

...pero pueden rugir.
...but they can roar.

Los cachorritos no pueden rugir...
Puppies can't roar...

...pero pueden roncar.
...but they can snore.

¡Visite el sitio web de Jumping Cow Press para conocer nuestra tienda, imprimir recursos de aprendizaje gratis y más!

www.jumpingcowpress.com

Disponibles en tapa blanda, tapa dura
y en formato digital

Visit the Jumping Cow Press website for our shop,
free printable learning resources and more!

www.jumpingcowpress.com

Available in Paperback, Stubby & Stout™
and eBook Formats